檸檬

梶井基次郎＋げみ

首次發表於「青空」1925年1月創刊號

梶井基次郎

明治34年（1901年）出生於大阪府。於同人刊物「青空」上發表作品，但少年時代起即罹患肺結核，文學活動期間逐漸惡化。第一本創作集『檸檬』出版的第二年，便以31歲壯年於故鄉大阪離世。

繪師・げみ（闇蜜）

平成元年（1989年）出生於兵庫縣三田市。自京都造形藝術大學美術工藝學科日本畫專修課程畢業後，以插畫家身分進行作家活動。負責許多書籍的裝幀圖畫。作品有『蜜柑』（芥川龍之介＋げみ）、『げみ作品集』等。

有個形體模糊的不吉利團塊，始終壓在我心頭上。那該說是焦躁呢、又或者是厭惡感呢——好比說喝了酒以後就會宿醉，如果每天都喝酒的話，當然就會有一段相當於宿醉的時期來臨。現在就是那時期。這實在不是很好。並不是我因此而罹患上的肺結核以及神經衰弱不好。也不是我那火燒屁股的債務之類的東西不好。不好的是那不吉利的團塊。

我漸漸地無法忍受，那些從前能讓我感到無比喜悅的美妙音樂、又或者是某些優雅的詩篇段落。就算是特地出門，請人讓我聽聽用留聲機放的音樂，也是才聽了兩三小節，就忍不住想起身離席。有某種事物讓我實在無法待在那兒。因此我始終在街道之間穿梭徘徊。

我記得那時，不知為何總是受到寒酸卻又美麗的東西強烈吸引。

要說是風景嘛，不過就是些瀕臨崩毀的街道之類的；即使是那樣的街道，相較於冷淡陌生的大馬路，仍令我略感親切。像是晾著洗好卻仍舊骯髒的衣物、隨處放的那些看似無用的雜物、又或偶然能夠窺見的邋遢凌亂房間，我喜歡這樣的後巷。那些街道展現出的風情，就像是歷經風雨侵蝕後，終將回歸大地；土牆早已坍塌、房舍傾圮在即——就只有植物蓬勃盎然，有時甚至會發現向日葵、又或者是有美人蕉在一旁綻放，讓我大吃一驚。

有時我走在那樣的街道當中，忽地會努力的想要讓自己產生點錯覺——這裡並不是京都，而是距離京都好幾百公里的仙台、或者是長崎之類的地方……而我正到了那樣的城鎮當中——這樣的錯覺。我啊，可以的話真想從京都這兒逃出去，到一個似乎誰也不認識我的城市。首先是要安靜。在一間空蕩蕩的旅館房間，有乾淨的棉被、味道好聞的蚊帳，以及漿得平平整整的浴衣。我想在那裡待一個月，什麼也不想、就只是躺在那兒。可以的話，希望這裡能在不知不覺間就成為那個城市。——錯覺好不容易成功了、開始生效，我便一步步的將想像的顏料塗在眼前的世界上。這也沒什麼，不過就是讓我的錯覺，在瀕臨頹圮的街道上做雙重曝光罷了。而我也非常享受讓現實的自己，迷失在那樣的景色當中。

近來我也喜歡上那叫做煙火的東西。煙火本身還是其次，重點是那些廉價顏料的紅、紫、黃、藍色彩。有著五花八門方格圖樣的煙火束、中山寺星臨、花合戰、枯芒草。還有那叫做鼠花火的，一個個做成了圓圈，一同塞進盒子裡頭。那樣的東西莫名地挑動著我的心緒。

另外我也喜歡刻著鯛魚或花朵，以葡萄牙文碧多羅來稱呼、五彩繽紛玻璃做成的玻璃標，也喜歡上了南京玉。還有，試著舔舔它們，對我來說可是至高無上的享樂。這世上難道能有與碧多羅那帶著幽微清涼味道並駕齊驅的東西嗎？我在幼年時期經常將碧多羅放入口中，結果遭到父母斥責，但不知是否因為我那兒時的甜美記憶，在長大成人卻落魄無比的自身上逐漸甦醒，那味道該說是幽微呢、還是清爽呢，總覺得成了一種帶著難以言喻詩歌之美的味覺拂來。

我想你應該發現了，我身上可是沒什麼錢的。話雖如此，看到那些玩意兒而感覺些許動心的時候，我還是需要一些奢侈，來慰藉一下自己。僅僅二錢或三錢——就是奢侈品了。美麗的東西——說它們美，卻來對著我軟弱無力的觸角獻媚。——正是那些東西，很自然便能夠撫慰我。

在生活還沒有被侵蝕腐壞以前，我曾經非常喜愛的地方，舉個例子來說就是丸善吧。那兒擺著紅色及黃色的古龍水與香水；有著俐落的玻璃工藝、又或者是典雅的洛可可風格雕花圖樣的琥珀色，或者翡翠色香水瓶。煙管、小刀、香皂、菸草……。我曾經光是看著那些東西，就過了快要一個小時。但是到頭來，我在那兒花費的奢侈，不過就是買支非常好的鉛筆罷了。可是現在，這個地方對於當時的我來說，也就是個氣氛沉悶的場所。書籍、學生、結帳櫃檯，這些對我來說，看起來都像是來要錢的索債鬼。

某天早晨——那時我沒個固定住處，今天在甲朋友家、明天在乙朋友家，就這樣輾轉於朋友們租借的房間——那天朋友去了學校之後，我一個人被拋棄在那空虛的氣氛當中呆立。又不得不出外漫無目的晃蕩了。總覺得有某種東西推著我出門。所以我再次於大街小道間遊走，徘徊在剛才所說的那類後巷之間、又或者逗留在柑仔店前；在賣乾貨的店家前眺望著風乾的蝦子、鱈魚及豆腐皮，最後終於從寺町南下走到二條那兒，駐足於那間水果店前。我有點想稍微介紹一下那間水果店。那間水果店是我所知範圍內最好的一間店了。它絕對不是一間什麼十分氣派的店面，但卻清楚的讓人感受到水果店固有的美麗。

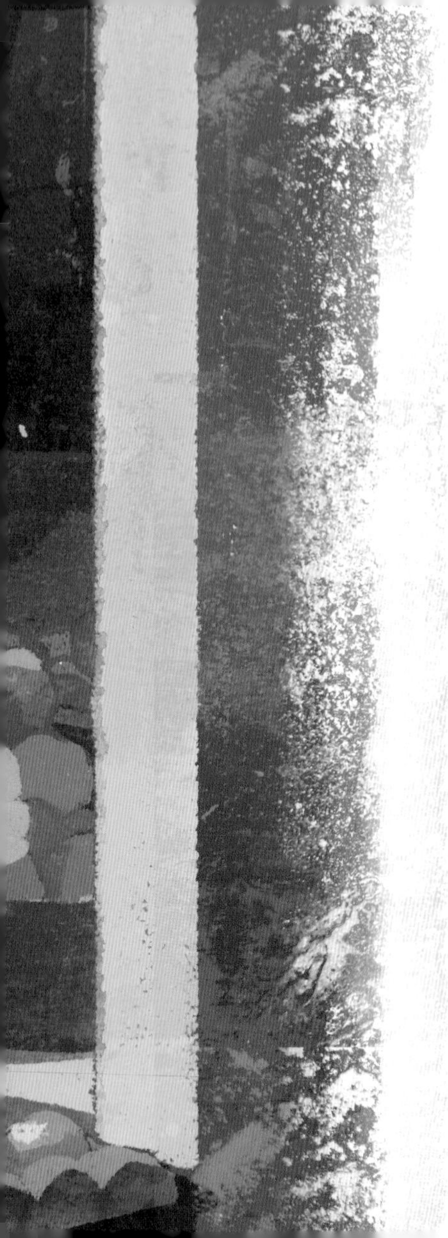

水果放在傾斜度頗陡的檯面上，說是檯子，想來也不過就是上了黑色塗漆的老舊板子。宛如輝煌而優雅的快板旋律，中了那讓人一瞥就會石化的戈爾貢恐怖面具的魔法般——店裡那許多五彩繽紛又大量的水果，就這樣彷彿凝固似地陳列在那檯面上。越往店裡深處看過去，這些蔬菜水果可是越疊越高。——事實上，那上頭的胡蘿蔔葉之美實在令人讚嘆。還有浸在水裡頭的豆類和慈菇之類的。

另外，那間房子最美麗的便是夜晚時分了。寺町通整體上來說是條熱鬧的道路——話雖如此，可比東京還是大阪來的澄澈許多——每到夜晚，櫥窗裡的燈光紛紛流瀉到馬路上頭。

但不知為何，就只有那家店面周遭特別地昏暗。店家所在的轉角，原本就有一邊緊鄰昏暗的二條通，所以不夠亮也是理所當然，但隔壁那間在寺町通上的房子卻也是晦暗不明，這可就令人弄不明白了。但若不是它那樣地黯淡無光，也不致於如此吸引我吧。

另一點就是它那向外伸展的屋簷，彷彿是將帽簷拉低、蓋過眼睛那般——不，與其這樣形容，還不如說它讓人覺得「唉呀，那家店的帽簷拉得可真是低哪」，連屋簷上方都是一片漆黑。正因為四周如此昏暗，店面所點的那幾盞電燈，便絢爛地有如傾盆驟雨般灑下，絲毫未被周遭任何事物奪去光彩，恣意地映照出這一片美麗景色。我會站在馬路上，讓未加燈罩的燈泡將它細長的螺旋棒燈絲尖銳地刺進眼睛；又或者到附近的鎰屋二樓，透過玻璃窗眺望著這間水果店，越是這麼眺望著，越覺得這能夠經常提起我興致的東西，在寺町當中也不多見。

那天，我非常難得地在那家店買了東西。理由是那間店擺出了很少見的檸檬。若說檸檬什麼的，自然是到處都有，但那家水果店就算看起來並不寒酸，卻也不過是間普通的蔬菜行，所以先前並不是很常看到檸檬。我還真是喜歡那檸檬。不管是它宛如從檸檬黃顏料管中擠出來凝固而成的純淨色調，還是那精悍俐落的紡錘外形。——最後我只買了一顆。之後我究竟走到哪兒去、是怎麼走的呢。只記得我在街頭徘徊了很長一段時間。那始終緊壓在我心頭上的不吉利團塊，就在我握住那檸檬的瞬間，似乎緩緩的鬆了開來，我在街道上感到非常地幸福。那樣頑固的憂鬱感，竟然只因為一顆那東西就能夠化解——說不定聽起來可疑的事情，反倒為似非而是的悖論呢。話說回來，心這種東西，還真是不可思議哪。

那顆檸檬的冰涼感，實在無可比擬。那時候我由於肺結核惡化，經常渾身發燙。事實上為了向所有的朋友炫耀這件事情，我老是找他們握手等等的，而我的掌心也總比所有人來得燙。不知是否因為渾身上下燒燙，有股冰涼感從我緊握著檸檬的掌心逐漸往體內滲透的感覺，實在非常舒服。

我一次又一次地，將那果實拿到鼻尖前嗅聞。腦袋中不禁想像起這顆檸檬的產地加州。我曾在漢文課學習過「賣柑者言」，當中有個「撲……鼻……」之類的詞也斷斷續續地浮現在腦海裡，因此我深深地吸了一口那帶著香氣的空氣。先前從不曾如此深呼吸讓空氣盈滿肺部，一股溫熱血液的餘溫攀上我的身體及臉龐，總覺得身體中的活力似乎有些甦醒。……

事實上，我幾乎要認為那單純的冰冷感、觸覺、嗅覺以及視覺，就是我自過往便不斷尋找的東西，它竟與我如此協調，令我感到不可思議——這畢竟是那時候的事情。

我興致昂然的在街道上踩著輕快的步伐，甚至可以說是帶點驕傲的心情，想著自己就像身著華美裝束、在街上昂首闊步的詩人之類的走著。我將那檸檬放在髒兮兮的手帕上看著；又或將它緊貼著外衫觀賞、打量著它色調的光影變化；甚至還會這樣想著，

——就是這個重量了吧。——

甚至連它的重量，都像是我尋尋覓覓已久之物，這重量毫無疑問就是所有善意及美麗之物的重量換算而來的分量吧。我狂妄的詼諧之心不禁試著思考這種傻事——總的來說，當時我是幸福的。

我是如何漫步至此的呢？最後竟站在了丸善門前。平時我對丸善老是避之唯恐不及，當時的我卻覺得應該能夠輕鬆走進去。

「今天我就進去看看好了。」與之所至，我毫無顧忌地踏了進去。

TRADE M MARK
Z P MARUYA & CO LTD
THA MARUZEN KABUSHIKI KAISHA
BRANCH OFFICE
BOOKSELLERS & STATIONERS
丸善株式會社京都支店

但這是怎麼回事呢？方才還滿盈在我心頭的幸福情感逐漸逃離了。我的心思無法轉移到香水瓶子、又或者是煙管上。憂鬱之情升起、籠罩了我，想來是不斷來回走路而開始感到疲累了吧。走到畫冊的書架前看看，連要拿出有些重量的畫冊，都得費上比平時還大的力氣！當時我是真這麼覺得。不過我仍一本本的抽出來觀看，雖然打開來看了，但心情上卻顯然更加無法放鬆。而且我還宛如受了詛咒一般，又拉出了下一本。還是一樣。即使如此，若是沒有嘩啦啦地將頁面翻動觀看，我就覺得不對勁。直到實在無法忍受了，就隨手一放，連將它放回原來的位置都辦不到。我重複著這樣的動作好幾回。最後的最後，連平日最喜愛的安格爾那橘色的沉重畫冊都更加令我難以忍受，只能放下它。——這是多麼可怕的詛咒啊。疲勞殘留在手部肌肉上。我開始憂鬱了起來，只是睜睜地望著我抽出來疊在一旁的書本們。

以往那樣吸引我的畫冊究竟是怎麼了呢？讓一張張圖片在眼前閃過之後，再四下回顧尋常不過的周遭景物，便會有些格格不入感，明明我以往很喜歡體會這種感覺的。……

「噢，對了、對了。」就在此時，我想起了袖袋中的檸檬。何不將書本的色彩七零八落地疊放起來，然後用上這顆檸檬看看呢。

「就是這樣。」

稍早那輕快而昂然的興致又回到了身上。我隨手將它們疊成一落、又慌忙地破壞掉、再慌慌張張地搭建起來。抽出新的一本放上去、又或者抽走當中的一本。這奇妙的幻想風格城堡，一會兒成了紅的、一會兒又染成了藍的。

終於完成了。同時我得壓抑著自己雀躍不已的心情，小心翼翼地將檸檬置於城牆頂端。這實在是太成功了。

環顧整個場景，那顆檸檬的色彩將呲牙裂嘴的色調悄悄地吸收進紡錘形的身體當中，將周遭的空氣一轉為鏗鏘聲後的凜冽。我總覺得，在丸善這滿布塵埃的空氣當中，就只有檸檬周圍瀰漫著緊張的氣息。我就這樣望著那景象好一陣子。

腦中不經意地又浮現了第二個點子。
這奇妙的念頭讓我自己也大吃一驚。

——將這一落東西放著不管，

就這樣一臉若無其事地走出去。——

總覺得這點子令我心癢難耐。

「就這樣走出去嗎？沒錯，就這樣走出去吧。」

於是我頭也不回地走了出去。

走到街上，我因為那莫名心癢難耐的感覺而會心一笑。假如我是個奇怪的惡徒，方才在丸善書架上放了閃爍著金黃色光輝的可怕炸彈，再過十分鐘，那間丸善便會以美術書籍的書架為中心發生大爆炸，那樣的話不知該是多有趣呢。

我拼命地追尋著這個想像。

「如此一來，那令人困窘的丸善也會成為一片煙塵吧。」

然後我沿著滿街被電影看板妝點成奇特風格的京極大道，向南走去。

＊本書之中，雖然包含以今日觀點而言恐為歧視用語或不適切的表現方式，但考慮到原著的歷史背景，予以原貌呈現。

譯註

第８頁

【浴衣】日本和服的一種，通常材質較薄且輕便、適合夏季穿著。日式旅館經常會提供浴衣讓客人在沐浴後可以輕鬆穿著，因此也多作為睡衣。

【雙重曝光】（二重写し）攝影技巧之一。已經拍攝過的底片不顯影，而直接再次曝光（攝影），第二次拍攝的影像就會重疊在第一次的影像上。

第１０頁

【中山寺星臨、花合戰、枯芒草、鼠花火】（中山寺の星下り、花合戦、枯れすすき、鼠花火）前三者都是棒狀手持煙火，也就是台灣俗稱仙女棒的名稱。鼠花火則是捲成一圈，點燃後要放在地上，燃燒時會呈現圓圈型。

第１２頁

【玻璃標、南京玉】玻璃標（おはじき）是一種圓形扁平的玻璃片，遊戲方式與台灣俗稱尪仔標的紙板相同（還有另一種是做成角色圖樣的塑膠片），將標片蓋過另一個人的標片即可贏走該標片。南京玉即為大顆的玻璃串珠。

【二錢】（二銭）梶井基次郎發表「檸檬」是在１９２５年，當時物價是一顆雞蛋約八錢。國產香菸 Golden Bat 一包也要七錢。

第１４頁

【丸善】日本大型連鎖書店暨文具精品店。本書作者梶井前去的是１９０７年開設在三條通上麩屋町的京都分店，該店之後遷移到河原町通營業，於２００５年時公告歇業，當時還引發許多客人前往店家到處擺放檸檬的趣聞。之後在許多粉絲要求下，於２０１５年重新在河原町以「京都本店」名義開張。

【洛可可】洛可可起源於十八世紀的法國，是簡化後的巴洛克風格，包含裝飾藝術、室內設計等。之後被新古典取代。

第１６頁

【水果店】（果物屋）此指位於京都寺町通（通為大道之意）與二條通交叉處東南角的「八百卯」，該店家也曾以「梶井基次郎的檸檬店」自居，但已於２００９年秋季歇業。

第１８頁

【快板】（快速調）義大利文為 allegro，為樂曲速度標示的一種，速度約在１２０－１６８bpm 之間，通常給人活潑的感覺，但實際速度為中等。

【戈爾貢的恐怖面具】（ゴルゴンの鬼面）戈爾貢為希臘神話中的蛇髮女怪，三姊妹中最小的是美杜莎，只要看到她的人都會變成石頭。宙斯之子珀修斯從盾牌的反光看美杜莎，因此順利砍下美杜莎的頭。但美杜莎死時睜著眼睛，被砍下的頭仍具有能使人變成石頭的魔力。

第２３頁

【鎰屋】京都有名的和菓子店家。本家「鎰屋延秋」於１６９６年在寺町二條南邊開業，初期也有販售西洋點心，將二樓作為咖啡廳營業。1920年八木政一分家創了「鎰屋政秋」，目前店家位置已遷移至百萬遍。本家則已於1950年歇業。

第26頁

【賣柑者言】劉基（字伯溫）著作的諷刺性寓言。內容藉賣柑者之言諷刺當時官宦大臣庸碌無能，恰似柑橘金玉其外、敗絮其中。梶井提到的句子在原文為「如有煙撲口鼻」。

第32頁

【安格爾】法國新古典畫家Jean-Auguste-Dominique-Ingres，為新古典主義畫派最後一位領導者。畫風線條、輪廓及色彩都明確而清晰，作品中有大量面貌端正的肖像畫。

解說

病體回溯，以幻想痊癒——

梶井基次郎〈檸檬〉的雙重性世界／洪敍銘

I

從那時開始，超越普通疾病與平凡結局，就與她這個人是怎樣的人糾纏在一起了——她是個尋求治癒的人，她解決疾病就像解開一道數學題目，一道最高階的邏輯謎題。「我的身上微微閃爍著倖存的光芒。」（凱蒂．洛芙《不要靜靜走入長夜》）

試想人們患了一種難以好全的病：它不限制你的行為能力，可以自由走動，卻不時帶來程度不一的刺痛；可以保有清晰的邏輯思考，可以指認喜歡與討厭的事物，感官卻變得激進敏感，難以承受一絲細微的改變。你會做什麼，或者，該怎麼與這樣的病共存？

逼視疾病，與病體共處，除了是文學創作的主題，更是多數人在現實生活中必然遭遇的情境，凱蒂．洛芙曾以訪談的方式，呈現五位創作者與疾病奮抗、探問死亡的過程，每一個問題看似沒有標準答案，卻都有共同的終點。

梶井基次郎的〈檸檬〉大致上即是書寫這樣的處境：患病的男人，終日無所事事、四處晃蕩、迷失、衰弱、錯覺、焦躁統合成的「不祥感」，如過往最喜愛的美好事物般縈繞不去，難以排解；他既痛苦地行走於現實的街道，卻也歪歪斜斜地朝著幻想世界傾斜，尋求慰藉。

梶井基次郎自幼罹患肺結核，所創作的小說也與象徵手法及憂鬱心理主題為長；〈檸檬〉是他第一篇公開的作品，但在七年後即因病情惡化逝世；對讀他短暫的生平，不難體會字裡行間的迷離與不安。

本作不斷地在兩種截然不同的語境裡切換：原本極愛的，現在極憎恨；原本滿溢的幸福及滿足的物件，現今成為絕望的詛咒；秩序的城，變換成胡亂堆疊的、奇怪的造型；這些不停在灰濛和絢麗色彩間切換的疊影，彷彿為漸漸衰敗的軀體偽造出充滿躍動的生命力，在詭異與緊張的氛圍中，通向孤獨的終站。

II

我的身體有時是斷裂的，有時則合而為一。（李宇宙〈疾病的敘事與書寫〉）

不少讀者與評論者常把討論的焦點放在檸檬的象徵意象，以及為何尋常的水果會搖身一變成為殺傷力十足的炸彈？儘管從修辭的角度來看，誇飾與譬喻開展了無限廣闊的文字異想世界，但倘若回到病體書寫及其觀照的角度，這些天馬行空的幻想，卻又極其合理與真實。

「丸善」所代表的，是小說中的他曾經的希望與幸福感來源，但當他拖著身軀，一次次地認知到從極愛到厭惡地劇變後，他將一切完全寄託在毫不起眼的水果店所擺放的，再尋常不過的一顆檸檬；他清楚地知道那是相當常見的水果，卻仍在觸感、嗅覺的交互運用下，實在地紓解了內心的憂鬱；這段漫長的異想書寫，對應著年幼時喜歡舔嘗玻璃標的那種清涼、滿足，象徵無比甘美的童年回憶，那種對時間、生命自然萌發的渴求與爽朗，在現今如風中殘燭的病體觀看中，一顆看似不稀奇的檸檬，巧妙卻又絕望地替代了這種曾經擁有卻難以回復的經驗。

卻也因為難以回復的主觀體悟，儘管拽著檸檬，在某個當下實實在在地擁有它、感受著它的重量，讓他像似一如往常地走進「丸善」，只是接踵而來的現實崩毀，如影像重播般揭開覆蓋在檸檬身上的魔法，「檸檬」終究無法成為失而復得的奇蹟，一如他清楚地知道盤旋不去的「不祥感」真正的指涉；當檸檬無法替代那個健康陽光的冀望，追憶已到盡頭時，搖搖欲墜的檸檬幻身為閃耀金黃的恐怖炸彈，開啟幻想世界的大門——或許唯有如此，他才能超脫疲累的病體，沉浸在幻想中痊癒。

III

既然死亡現在成了一個毫無意義、令人反感的事件，那麼，被普遍認為是死亡同義語的那種疾病當然就被當成某種需要加以遮掩的東西。……然而，當代對死亡的拒斥，並不能解釋人們撒謊的程度，亦不能解釋為何人們希望他人對自己撒謊；拒斥沒有觸及最深處的恐懼。（蘇珊．桑塔格《疾病的隱喻》）

或許，我們可以把〈檸檬〉讀作一種私小說式的，對於疾病（或說死亡）的消極逃避，但要知道的是，幾十年前，「某人患了結核病」，等於直接被宣判了死刑，而且這樣的判決，又帶著與一般疾病不同的禁忌：令人感到厭惡的、不祥的、可憎的，甚至是有罪的；這些加諸於疾病與病體身上的隱喻，交織著兩種恐懼：內世界與死亡的抗衡、外世界抵抗社會的拒斥，這也說明了〈檸檬〉的結局，是幻想著以難以恢復的爆炸作結——不僅消滅了疾病，也消滅了恐懼的根源，更消除了不祥之身所帶來的異常與異樣。

如同《我們與惡的距離》中應思聰沉痛也無助的吶喊：「為什麼是我？」本作中的他最終渴望，也有能力在絢爛的煙火中建構他欲想的世界，梶井基次郎卻等不到他那在雲背後的希望，但或許，只有瀰漫著死亡氣息的這座想像之城京都，在檸檬化身的炸彈的引爆而毀滅，對他而言，才能看見火光背後的希望。

解說者簡介／洪敍銘

文創聚落策展人。現職為花蓮縣文化局藝文推廣科科員，主責花蓮縣藝文宣傳品出版、文化創意產業發展、前瞻計劃等。從研究者的身分，經過社區歷練進入行政機關，嘗試透過長期對地方理論、台灣文化的關注，進行體制內的實務嘗試與改變，曾策劃多場設計師、文創業者與地方館舍之倡議活動及展覽，為《曙光月刊》、《洄瀾文訊》專欄作者，著有《從在地到台灣：本格復興前台灣推理小說的地方想像與建構》、〈理論與實務的連結：地方研究論述之外的「後場」〉等作，目前定居於花蓮，以花蓮文創發展為己職。

乙女の本棚系列

『與押繪一同旅行的男子』
江戶川亂步＋しきみ
定價：400元

『蜜柑』
芥川龍之介＋げみ
定價：400元

『葉櫻與魔笛』
太宰治＋紗久楽さわ
定價：400元

譯者

黃詩婷

由於喜愛日本文學及傳統文化，自國中時期開始自學日文。大學就讀東吳大學日文系，畢業後曾於不同領域工作，期許多方經驗能對解讀文學更有幫助。為更加了解喜愛的作者及作品，長期收藏了各種版本及解說。現為自由譯者，期許自己能將日本文學推廣給更多人。

TITLE

檸檬

STAFF

出版	瑞昇文化事業股份有限公司
作者	梶井基次郎
繪師	げみ
譯者	黃詩婷
總編輯	郭湘齡
責任編輯	李冠緯
文字編輯	徐承義　蔣詩綺
美術編輯	謝彥如
排版	謝彥如
製版	明宏彩色照相製版股份有限公司
印刷	龍岡數位文化股份有限公司
法律顧問	經兆國際法律事務所　黃沛聲律師
戶名	瑞昇文化事業股份有限公司
劃撥帳號	19598343
地址	新北市中和區景平路464巷2弄1-4號
電話	(02)2945-3191
傳真	(02)2945-3190
網址	www.rising-books.com.tw
Mail	deepblue@rising-books.com.tw
初版日期	2019年8月
定價	400元

國家圖書館出版品預行編目資料

檸檬 / 梶井基次郎作 ; 黃詩婷譯. -- 初版. -- 新北市 : 瑞昇文化, 2019.07
60面 ; 18.2x16.4公分
ISBN 978-986-401-355-5(精裝)

861.57　　108009708